To Lilybeth,
May you enjoy this story time an[d]
Happy reading!
— M. Duena

When Mama Braids My Hair

by Monique Duncan

Sweet Pea Books · New York

*The author wishes to thank
Ali Abidi, Suzanne Noguere, and Jason Mandella
for their help on this book.*

Copyright © 2018 by Monique Duncan

All rights reserved. No part of this publication may be reproduced in whole or in part, or stored in a retrieval system, or transmitted in any form or by any means, electronic, mechanical, photocopying, recording, or otherwise, without written permission of the publisher.

For information regarding permission, contact Sweet Pea Books, Inc.
Visit our website at www.sweetpeachildrensbooks.com

Summary: A young African American girl describes the experience of having her hair braided and the bond it creates with her mother.
ISBN 978-1-5136-3352-7

Printed in China

This book was typeset in Palatino.
The artist used acrylic paint and collage to create the illustrations for this book.

*To my mother, Herma,
for your endless support and love*

Sunday nights are for me and my mama. After my bath, I grab a comb, a jar of hair cream and head for Mama's room. The scent of coconuts and mangoes floats in the air, tickling my nose, as Mama rubs the sweet-smelling cream on my scalp.

/////▲/////▲/////▲/////▲/////▲/////▲/////▲/////

Tugging, combing, pulling, twisting—Mama parts my thick coils to smooth out all the tangles.

/////▲/////▲/////▲/////▲/////▲/////▲/////▲/////

///▲///▲///▲///▲///▲///▲///▲///

I take a deep breath and close my eyes as she works her magic.
"This style was worn by queens, thousands of years ago," Mama says.
My heart thumps as her fingers glide through my puffy mane.

///▲///▲///▲///▲///▲///▲///▲///

///▲///▲///▲///▲///▲///▲///▲///

Just when I think I can't sit still any longer, Mama says, "OK, Nikki." I open my eyes and jump up to see Mama's masterpiece staring back at me.

///▲///▲///▲///▲///▲///▲///▲///

/////▲·/////▲·/////▲·/////▲·/////▲·/////▲·/////▲·/////

When Mama braids my hair, I am an Egyptian queen, ruling over the Nile. Colorful beads dance around my face.

/////▲·/////▲·/////▲·/////▲·/////▲·/////▲·/////▲·/////

///////▲///////▲///////▲///////▲///////▲///////▲///////▲///////

When Mama braids my hair, I am a Nigerian goddess, spreading love and peace throughout the land. One fat braid snakes down my head.

///////▲///////▲///////▲///////▲///////▲///////▲///////▲///////

/////▲/////▲/////▲/////▲/////▲/////▲/////▲/////

When Mama braids my hair, I am a Zulu warrior, protecting my nation from danger. Twisted knots zigzag to form my crown.

/////▲/////▲/////▲/////▲/////▲/////▲/////▲/////

//////▲///////▲///////▲///////▲///////▲///////▲///////▲///////

When Mama braids my hair, I am a Maasai girl, jumping up and down to the beat and rhythm of celebration. Long twists sway back and forth against my shoulders.

///////▲///////▲///////▲///////▲///////▲///////▲///////▲///////

//////▲//////▲///////▲///////▲///////▲///////▲///////▲///////

When Mama braids my hair, my whole world turns upside down and time freezes in my hands.

///////▲///////▲///////▲///////▲///////▲///////▲///////▲///////

////▲·////▲·////▲·////▲·////▲·////▲·////▲·////

When Mama braids my hair, my thoughts take flight for a new destination and land wherever they please.

////▲·////▲·////▲·////▲·////▲·////▲·////▲·////

///////▲///////▲///////▲///////▲///////▲///////▲///////▲///////

But when the world gets too big and feels too far away, I return home.

///////▲///////▲///////▲///////▲///////▲///////▲///////▲///////

///////▲//////▲//////▲///////▲///////▲///////▲///////▲///////

Cradled between my mama's legs, perched on a pillow on the floor, I am wrapped in love when Mama braids my hair.

///////▲///////▲///////▲///////▲///////▲///////▲///////▲///////

////▲////▲////▲////▲////▲////▲////▲////

When Mama braids my hair, I am…

////▲////▲////▲////▲////▲////▲////▲////

An Egyptian Queen

Ancient Egyptian queens were powerful rulers. Queen Hatshepsut [hat-shep'-soot] ruled Egypt for more than twenty years.

A Nigerian Goddess

The Yoruba people of western Nigeria believe that Oshun is the goddess of beauty, love, and fresh water. In the Yoruba tradition, Oshun is known to heal the sick as well as spread love and joy.

A Zulu Warrior

The Zulu people of South Africa are known for their courage, skill, and fearlessness. As fierce warriors, they defended and protected their native land from invaders.

A Maasai Girl

The Maasai people live in southern Kenya and northern Tanzania. Maasai women make beaded jewelry that is used in weddings, rituals, and community gatherings. Each bead color has a symbolic meaning.

The History of African Hair Braiding

African hair braiding is an ancient art form that has been practiced for thousands of years. This tradition can be traced back to Egypt as long ago as 3500 B.C.

In Africa, each region developed its own unique style and custom of braiding hair, revealing an individual's identity and position in the community. A person's marital status, wealth, power, religion, and culture could all be identified by his or her hairstyle. Certain styles symbolized special occasions, such as weddings or ceremonies that celebrated moving up from childhood to adulthood.

Each intricate hairstyle was more than just a beautiful creation: it embodied time, culture, and location.

Women passed the tradition down from generation to generation. Girls first had their hair braided by older female relatives (mothers, grandmothers, aunts, and sisters). While this became a bonding ritual among women, in some areas men also wore braids.

When enslaved Africans were brought to the Americas, the ancient art form of hair braiding travelled with them. Wearing braids was a way to reestablish culture and identity in a new place. It was also a way for enslaved Africans to flee plantations. Escape routes were cleverly mapped out in cornrows, providing a path to freedom.

Today, many people around the world wear traditional African hairstyles.

Box Braids

Box braids are single braids, or plaits, in which the hair is divided into small sections and braided out to the end. *Ancient Egyptians decorated their braids with beads and jewels. They also wore braided extensions and wigs.*

Cornrows

Cornrows are rows of braids in which the hair is closely braided to the scalp. *The Fulani people of West Africa created a detailed style in which cornrows were braided in different directions.*

Goddess Braids

Goddess braids are large braids that lie flat on the scalp (similar to cornrows) and can be wrapped around into different styles. *Women from the ancient Nok civilization of Nigeria wore beautiful goddess braids and cornrows as far back as 500 B.C.*

Bantu Knots

Bantu knots are sections of hair that are twisted and wrapped around until they form mini knots. They are also known as Zulu knots or chiney bumps. *The Zulu people of South Africa are part of a larger cultural group called Bantu. They created Bantu or Zulu knots.*

Senegalese Twists

Senegalese twists or "rope twists" are sections of hair that are twisted from the root out to the end. *The Wolof people of Senegal, a country in West Africa, have created different hairstyles, including Senegalese twists.*

////▲////▲////▲////▲////▲////▲////▲////

When Mama braids my hair, I am…

Monique "Nikki" Duncan

Age 2

////▲////▲////▲////▲////▲////▲////▲////